90년대 시조동인 반전 2집

90년대 시조동인 반전 2집

징후를 읽는 방식

다인숲

우리는 세기말에 시인이 되었다

지난해 이맘때를 기억한다.

끝이 좀체 보이지 않을 것 같았던 팬데믹 시대에 《반전》은 출발하였다. 직접적인 만남보다 음성이나 문자적 기호로 소통하면서도 활발하게 의견이 개진되었다. 이와 같은 새로운 소통의 방식은 21세기적 현상을 뚜렷이 보여준다. 이제는 마스크를 벗고, 동인지 《반전》의 두 번째 얼굴을 선보이게 되었다. 우리의 일상이 어떻게 영위되고 있는가는 글을 통해 발설될 터이다.

90년대에 접어들면서 평자들의 관심은, 90년대적인 징후란 과연 무엇인가에 쏠려 있었다. 그것은 세기말에 이루어질 문학사적 결과가 20세기를 결산하는 의미를 가질 뿐만 아니라, 다가오는 새로운 세기의 징후를 판명하는 가늠자가 되리라는 생각 때문이었다. 젊은 시인이나 작가들의 해체적 글쓰기를 텍스트로 하여 이루어졌던 이러한 작업은, '포스트 증후군', '탈이념', '문화적 다원주의' 시대 등으로 명명되었다. 이와 같은 문단의 분위기는 19세기 말 데카당스 풍조를 비롯하여, 20세기 초의 표현주의, 미래파, 다다이즘 등이 보인 폭발적인 분출의 힘을, 20세기 말의 정신사에서도 찾아보고자 했던 징후 읽기의 한 방식이라 하겠다.

그러나 우리 앞에 펼쳐진 세기말은 강박적인 이즘이나 주도권을 가진 정신사는 없었다. 동서냉전 체제가 해체되었고, 탈구축(deconstruction) 혹은 혼종성이 생산적 방식이 되었다. 서태지가 문화 대통령이 되었고, 세계화의 경제 질서에 편입되었다가 국제 구제 금융 사태를 겪었다. 여자애들은 배꼽티를 입기 시작했고, 또 해외여행을 가고 국산품 애용이 더 이상 강요되지도 않았다. 이러한 사회상들은 21세기인 지금 여기, 우리의 현실과 동떨어진 세계가 아닌, 21세기의 징후로서 90년대가 존재했음을 나타낸다.

우리는 20세기 말인 1990년대에 시인이 되었다. 탈구축의 시대에 역으로 질서 있는 형식을 찾아서 반도체 칩과 같은 나노미터의 상상력을 집적하고자 하였다. 그러나 그 집적의 방식은 각자의 선택에 따를 뿐, 이를 강제하는 에콜을 갖지 않는 것이 《반전》의 태도이다.

제1집에서 출발을 알렸던 바, "현대시조의 내일을

위한 개성 실현과 다양성의 존중, 그리고 외로운 길을 가는 시인들 간의 우의 존중에 뜻"을 두고 있다. 이처럼 《반전》이 자율적인 작가 공동체를 지향하고 있는 만큼, 서로의 장점이 상호성 있게 흡수되어 개인적 발전과 시조단의 활력이 될 수 있기를 바란다.

　이번에도, 함께 출발하였던 열여덟 사람의 얼굴이 모두이다. 들고나는 것을 열어둔 것으로 하였기에 다음번에는 새로운 얼굴을 기대해 본다.

2023년 7월
90년대 시조 동인 《반전》 일동

차 례

반 전 2 집

강 문 신

1990년 서울신문, 1991년 동아일보 신춘문예
당선. 한국문인협회 서귀포지부 초대 지부장.
시집으로 당신은 『서귀포…라고 부르십시오』
외 3권. 조운문학상 이호우·이영도 시조문학
상 수상 외.

사이비

'50억 년 후 지구, 태양에 이렇게 삼켜진다'
끔찍한 예상도豫想圖까지 곁드린 신문 보도다
그래서, 어쩌란 말인가, 내일마저 안개 속을

야당총재 외 3편

입원실… 두고 온 농장 걱정이 태산이다
일꾼들 수송이며 작업지시 그 관리며
어떻게 때우고 있을까 갑작스런 내 빈자리

동분서주 진력하는 아내 모습 보인다
직장이랴 농장이랴 용철인 정신없이
두 마리 토끼를 쫓는 그 안간힘도 보인다

아내는 우리 집의 서슬푸른 야당 총재
한시도 쉬지 않는다 잔소리도 쉬지 않는다
그 험한 세월을 일군 건 5할이 그 야당 총재

요양병원 일지 1

마비된 양다리를 침대에 털썩 뉘인
양 손목 없는 팔에 검은 장갑 묶인 채로
삶을 다 간병인에 맡긴 맞은편 침상의 환자

앙상한 그 85세 숨죽여 울먹이듯
"우린 너무 쉽게 헤어졌어요~"를 부르곤 한다
무시로 울부짖듯이 비명같은 한숨 토한다

저토록 육신을 온통 병들게 할 것이면
절망의 구렁텅이로 몰아넣고 말 것이면
차라리 생각도 함께 병들도록 하소서

젊음의 기억들을 이제 잊게 하소서
사랑의 추억들도 그만 잊게 하소서
신이여, 그 생각의 사슬… 거두소서, 신이여

요양병원 일지 2

누가 삶의 목적은 이들에게 물어보라
누가 삶의 의미를 이들에게 물어보라
어쩌면 머잖은 날의 자신에게 할 그 물음

병상에 오래 누워서 당당한 이 보았는가
사지 마비 하반신 마비 늘 누워서 사는 이들
정신은 더 멀쩡하여 오만가질 생각하는

간병인에 모두 맡겨 연명하는 삶이지만
치열했던 한 생애의 숨죽인 반추인 것
그 허망 이들이 모르랴, 그 민망 이들이 모르랴

요양병원 일지 3

둘 다 하반신 마비 간병인 의지해 사는
한쪽은 경찰이었고 한쪽은 교수였다며
툭 하면 우르렁거린다 한판 붙을 태세다

살면 얼마나 살까 80 넘은 쇠잔한 이들
이쯤에 이르러서도 뭔가를 과시하려 든다
"너 내가 누군 줄 알아!" "엇따 감히 삿대질!"

목소린 청청하여 관록도 보인다만
누구면 무엇이고 뭘 했으면 또 무어리
한 세상 다 가는 길목, 죽어 떠날 이곳에서

반 전 2 집

김 강 호

1999년 동아일보 신춘문예 당선. 시조집
『군함도』외 4권, 가사시집 『무주 구천동 33경』
고등학교 1학년 교과서에 「초생달」수록.

요람에서 무덤까지

엄마 거 내게 다 주고
엄만 배가 안 고파?

웅! 난 하나도 안 고파
너만 보면 배불러

.

.

.

유골함 받아 들고 묻는다

.

.

.

엄만 배가 안 고파?

전철에서 외 3편

손잡이 잡으려다 덥석 잡은 흑인 손
순간 놀라 내 손바닥 숨죽이며 들여봤다
까맣게 물들었을 것 같아 등골이 오싹했다

지그시 눈을 감자 떠오르는 아프리카
허기진 모습들이 밀물처럼 밀려와
레일에 엉겨 붙어서 덜컹덜컹 울었다

멀뚱한 검은 아이들 눈망울이 꿈틀거리며
땀에 젖은 내 손에서 방울방울 굴러 나올 때
전철은 굶주린 터널로 빨려들고 있었다

밑줄

구겨진 신문을 펴자 솟구치는 전쟁 소식
포연에 묻힌 청춘들 곤두박인 진흙 뻘엔
신음이 검붉게 터져 불길처럼 번진다

눈뜨고 읽을 수 없는 에일듯한 내력들이
덜컹이며 내달리는 협궤열차같아서
아, 차마 읽지 못하고 먼발치만 보고 있다

피 젖은 들꽃들이 흐느끼는 드네프르강
실체적 진실마저 쓸려간 긴 강둑엔
길 잃은 영혼들 모여 천둥 울음 울고 있다

피눈물 흘러가서 흑해에 잠겨들 때
종전을 위한 기도가 줄임표로 놓이고
평화에 긋는 밑줄도 죽은 듯이 멈췄다

빙하기

혼절하기 전에는 날개를 접지 마라
눈보라 헤치며 가는 한 무리 노동의 새
까마득 허공 벼랑에 메아리가 구른다

울음이 울음을 끌고 울음이 울음을 물고
가녀린 몸짓으로 건너가야 하는 길
만리 밖 빛이 보인다, 겨자씨만큼 움트는 빛

저 빛이 휘황해져 온몸을 덮을 때까지
뒤돌아 보지 마라, 울음을 멈추지 마라
고통을 삼키며 가는 극한 날의 날갯짓

태풍 같은 평화의 이동 경로

매서운 네 눈매에 촉이 튼 핀홀아이*
고기압 주변에서 한동안 배회하더니
먼발치 나를 향해서 질주하고 있었다

등 돌린 대기층은 정체로 불안했고
앙상블 맞바람이 드세게 밀어냈지만
강인한 네 원심력은 동력을 더해 갔다

휘몰아친 격정을 가까스로 잠재운 뒤에
햇살 내린 뜰에 나가 너를 덥석 끌어안자
하늘이 한바탕 울컥 쪽빛 여울 쏟았다

*pinhole eye : 태풍의 작은 눈 (소박사tv 인용)

반 전 2 집

김 성 영

1996년 서울신문 신춘문예. 작품집 『마녀의
기도』 시조시학 젊은시인상. 성파시조문학상.

무언가

아카시아 흰 선율이 폭설로 사무친 밤

휘영청 달이 뜨니 두둥실 배가 뜨고

꿈속에 그린 노래가 눈을 뜨네 솔골짝

단발령에서 울다 외 3편

삭발 입산하자니 인연이 서러워서
그냥 돌아서자니 진경 산색 기가 막혀
구름도 바람을 안고 울었다는 그 고개

그 산 고개 근처나마 가 보지도 못한 채
울창했던 머리오리 시나브로 지고 지고
민둥산 깎을 일 없이 무심해진 아즈내

돌아보면 아득히 지나온 첩첩 주름
희미로운 능선마다 그 산 고개였구나
골골이 절색 비경을 그냥 스쳐 왔구나

둘러보면 그 산속 깊은 어디쯤인데
풍경인가 목어인가 서러울 일도 없이
노을 진 고갯마루에 누가 울고 있느냐

희희낙락장송곡

봉래산 제일봉의 낙락장송이시여

풍진 세월 한결같이 푸르르신 덕분에 만건곤한 백설도 시나브로 단풍 들어 오늘날 금수강산이 울긋불긋합니다

실솔도 두견새도 슬피 울던 세월 벗고 산드러진 맵시로 간드러진 목청으로 흥타령 욜그랑살그랑 신명 넘치는 세상

이승 한껏 살아내고 저승 가는 이에게 수고했다 감사하다 손뼉치며 율동하며 눈물도 어우렁더우렁 축제 벌이는 세상

아무나 할 수 없는 일편단심 열애로 아무나 갈 수 없는 가시밭길 걸어가신 당신의 별세야말로 축복받을 길이라

머리 사지 온전하게 쉬어 가실 주막집에 고사리 곁들인 산해진미 차려 놓고 당신을 제대로 모셔 환송코자 하오니

독야청청 긴 외로움 벗어 우릴 주시고 오색찬란 무지갯빛 풍악 차려입으시고 둥둥둥 서산 넘는 해 응원의 눈길 장단 맞춰

북소리 난분분할 제 희희낙락하소서

읽지 마세요

이청준이 미운 것은 눈길 때문입니다
그 발길 그 눈시울 얼며 녹으며 읽은 뒤로
얼지도 녹지도 않는 병에 걸렸거든요

아직도 어리둥절한

꽁지머리 선글라스의 멋쟁이 동료랑
사량도 지리산과 사랑에 빠졌던 날
돌아올 여객선 출발, 한 시간도 더 남아

매표소 여직원에게 성큼 다가선 동료,
훼얼 이즈 위 캔 싱크로나이즈 앤 덴까이?
여직원 어리둥절해 나를 본다, 머라예?

아, 물놀이 할만한 데가 어디 있나 싶어서……
덴까이는 먼데예? 그건 으, 따이빙구……
이 양반 미국 갔다옴서 일본 잠시 들렀거든요

아득한 시간 속의 생생한 풍경 너머
흐릿한 첩첩 역사의 파노라마 일렁이며
아직도 어리둥절한 그 말빛의 그림자

반   전   2   집

김 세 진

1998년 중앙일보 시조백일장으로 등단. 시조
집 『메타세쿼이아에게』, 『점자블록』, 『빗방울
강론』 등. 2006년 중앙시조대상 신인상.

그대에게 가는 길

조붓한 산복도로 연분홍 복사꽃길
굽이진 청도천 건너 그대에게 갑니다
당신의
소슬한 지붕 위
햇살 한 줌 앉아 쉬는

뒷모습 외 3편

나는 나의 뒷모습을 제대로 본 적 없다
거울 속 초췌한 얼굴 그대로 투영되듯
분명히
쓸쓸할 게다
굽은 등도 증명하듯

한때는 누군가의 힘이 되기도 했고
장자를 즐겨 읽어 걸림 없이 여여했던
이순의
공허한 시간
꽃이 피고 꽃이 지듯

혼자도 살아진다는 그 말이 무색키만 한
삶의 버거운 경계 눈물겹게 넘고 있다
견갑골
짓누르는 통증
벗어던지고 싶은

삼신1리에서

산비탈 기찻길 옆 삼신1리 복지회관
낡고 오래되었거나 흙 묻고 널브러진
용케도
코로나를 견딘
삼신 할매 신발들

튼실한 아들 한 명 점지도 하지 못한 채
저리 착한 꽃들만 한마당 들여놓고
무심한
기차소리에
또 하루 늙어 가는

담벼락에 꽁꽁 갇힌 울음과 웃음소리
줄장미만 아이 마냥 골목길을 기웃대고
벽화 속
한때 기억을
풍장시키는 바람

봄밤

해거름녘 초승달이 바삐 다녀가시고
어둠이 여린 것들을 다독이는 마당가에
자목련
우듬지 끝에
오종종 박힌 별꽃들

어슷한 달빛이 놓쳐버린 시공간 속
잔약한 가지마다 터뜨리는 꽃봉오리
산바람
개울물 소리에
늙은 귀를 헹구는

교촌리의 봄

꽃이 피면 습관적으로 그대를 생각하듯
꽃이 진다고 해서 마냥 잊을 순 없다
복사꽃
환한 가지 끝
그대가 울고 갔다

제비 개똥지빠귀 쑥새는 결코 아닌
내 곁에 오래 머물 박새 곤줄박이
더러는
고운 후투새로
교촌리에 오세요

꽃이 진 그 자리에 또다시 꽃은 피어
살갑던 당신의 손길 가득한 꽃밭으로
이 아침
작은 개울을 건너
그리 오시지 않을래요?

반 전 2 집

김 진 희

1997년 경남신문 신춘문예 등단. 시조집 『내
마음의 낙관』 『바람의 부족』 시조선집 『슬픔
의 안쪽』 동시조집 『선물』 한국문협작가상
외.

성화聖畫

어머니는 그믐달
망백을 훌쩍 넘어
손톱같이 좁은 길로
잠귀를 열어 놓고

아직도 가닿고 싶은
별 하나를 찾고 있다

금강초롱꽃 외 3편

새초롬한 자주고름 머리 쪽진 여식들
가만히 불러 와서 별채에 들앉히니
희번득 따라온 그림자
물컹하다
달

말 무덤

노란 부리 봄의 전령 혓바닥 파닥거리며
지저귀던 햇살이 환하게 열리던 날
대죽리 언총言塚* 위에는 새들이 조문 왔다

말의 뼈가 묻힌 자리 제비꽃은 머리 숙이고
허공에 뿌린 말도 비문에 새겨져서
살아서 꽃 피우는 말 꽃이 피는 말의 숲

*경북 예천군 지보면에 있는 말言 무덤

사랑한다

센터에서 글자 배운 시어머니의 첫 편지
—즐거운 추석 연휴 되세요 사랑한다—
아흔 둘 나이에 배운 첫 말
추신처럼 '사랑한다'

이른 봄날 홀몸 되어 한 번도 듣지 못한 말
깊이 배인 외로움에 텅— 비어 울리는 말
가슴에 비수 되어 꽂힌다
유언처럼 '사랑한다'

유월

먼발치 밤꽃 냄새 감꼭지가 생경하다
새잎이 짙어질수록 꽁지깃 세우는 새
초원을 달리던 풀이 마냥 숨을 펄떡거릴 때

'속이 야물어야 제값이 나가는겨'
속을 채우려고
안이 더 단단해지라고
초록에 물든 청춘들 빛의 벙커로 빠진다

반 전 2 집

문 순 자

1999년 농민신문 신춘문예 등단. 한국시조작
품상, 노산시조문학상 등 수상. 시조집 『파랑
주의보』 『아슬아슬』 『어쩌다 맑음』. 현대시조
100인선집 『왼손도 손이다』 등.

쉬잇!

쉬잇!
과수원에 도둑이 들었나봐

수왁수왁 수왁수왁
쉬었다가 다시 수왁

가을밤
정적을 깨는
담배나방 귤 먹는 소리

별천지 외 3편

산이 깊어 그런가 별이 별을 부른다
자정을 훌쩍 넘긴 내설악 어느 절 마당
낮에 본 불사리탑이 별처럼 반짝인다

불상 하나도 없는 대웅전 들어서면
통유리창 안으로 언제 들어오셨나
비워둔 연꽃좌대에 가뿐히 앉아계신다

새벽 다섯 시면 하산을 한다는데
그렇게 부처님과 뜬눈으로 지샌 별들
벗어둔 등산화에도 독경소리 넘쳐났다

씨앗의 힘

서울 사는 둘째가 카톡카톡 날 부른다
전시회에 왔다며 보내온 사진 한 장
"이건 뭐?"
내가 되묻자 그만 울먹거린다

오래된 주문처럼 여섯 개의 유리병엔
홍두 메밀 흑보리 자색보리 갓 참깨
코르크 마개로도 못 막은
돌아가신 할머니 냄새

만지면 손가락 사이로 스르르 빠져나가는
좀팍과 푸는체로 까불리던 갯노멀 씨앗
그날 그 감촉이 그만
뇌관을 건드린 거다

초이렛달

약속시간 늦을라 급히 집을 나서는데
저건 새로 바꾼 시원이의 드림렌즈?
한순간 빨려들듯이
내 눈에 쏙 박힌다

밤새 끼고 자면 안경 안 써도 된다는
그러니까 저 달도 고도근시였구나
이제 막 사춘기에 든
열두 살 손녀딸처럼

낮과 밤 그 언저리 세대를 건너뛴 자리
눈높이 하나로도 세상이 환해지는
가을도 네겐 봄이다
아무나 꿈꿀 수 없는

설유화

제주올레 5코스 위미리 조배머들코지

늦눈처럼,

돌아앉은 할망 하르방 바위 지나

불현듯 담장 너머로

하늘하늘 날 부른다

날 부른다,

별일 없다 시치미를 떼 봐도

부부싸움은 칼로 물 베기라나 뭐라나

오늘밤 저 할망 하르방

슬쩍 고쳐 앉을까 몰라

반 전 2 집

문 희 숙

1996년 중앙일보 지상백일장 연말장원
등단. 시조집 『젊은 밤 이야기』 『둥근 그림자
의 춤』 『사랑은 주소 없이도 영원히 갈 집이
다』. 공저 『길 위의 길』. 연구서 『정완영 연
구』. 오늘의 시조 제1회 젊은시조시인상,
이호우·이영도문학상, 통영 김상옥문학상,
시조시학상.

모퉁이

젖은 길이 두고 간 요양원 앞 강아지

등허리 홀쭉한 해 고물고물 저물어

밥그릇 가진 적 없는 골목길이 집이다

오목눈이 외 3편

장터 가는 소를 몰듯 늦은 삶을 몰고 간다
웅크린 가랑잎도 굴러야 할 길 있는데
아침의 가지로부터 저녁으로 옮겨 앉아
피었다 사라지는 꽃그림자 스치며
구멍만한 창틈으로 세상을 지저귀는 새
너는 너 나는 나에 불과한 오목 거울 앞에서

유람선

그는 유람선에다 우는 나를 실었다
유선형의 슬픔으로 각색 된 무대 위
우거진 파도에 갇혀 나는 춤을 추었다

알 수 없는 기항지 낯선 물결 속에서
중요한 건 어렵고 어려운 건 사실이라
내 서툰 확신은 자주 개꿈을 베고 잤다

해당화 가시보다 더 뾰족한 파도를 안고
구멍 난 주머니에 가득 찬 나의 구름
몽환의 하루에 잠겨 긴 노래를 불렀다

그가 실은 풍선 같은 사람들에 섞여서
세이렌과 암초 곁을 출렁이며 나는 간다
묘지로 흘러가는 배 이 꽃배에 실려서

묵화

먹을 간다 다락 같이 콧대를 높이는 선
시간이나 햇빛마저 텅 빈 농담 속에 핀
뒤꿈치 곧게 세운 난蘭 무채색의 돌향기

나는 늘 배가 고픈 한밤의 도둑고양이
어림없는 용이나 봉황새를 훔쳐낸다
새빨간 손톱을 세운 하얀 여백 속으로

산 지우면 산이 돋고 강 지우면 강물소리
먼 기러기 둘러 가는 적막한 나의 사원
소리의 골동품마저 침묵을 둘러친다

피안이나 차안도 한 폭 연기 저 너머
몇 가닥 푸른 힘줄로 제대 위에 핀 너는
온 적도 간 적도 없는 낯선 마음 짚으며

봄, 뒷기미* 소묘

바람이 강가에 길을 내려 놓았다

유채꽃 가는 허리 촉촉하게 동여매고

온실 밖 앙상한 날에 봄볕을 안고 왔다

벼랑 아래 뒷기미 굽이를 바꾼 언덕

민들레 희고 노란 손수건을 돌리고 논다

나루터 낡은 쪽배는 제 봄을 상상한다

*낙동강 나루터

반 전 2 집

박 명 숙

1993년 중앙일보 신춘문예 시조 당선. 1999
년 문화일보 신춘문예 시 당선. 시집 『맹물 같
고 맨밥 같은』 외 3권.

동반*

튀어오른 물고기, 그 곁의 물살처럼

갓 베어낸 햇보리, 그 곁의 풋내처럼

덩달아 몸을 뒤집는 햇살과 바람처럼

*개작 : 시집 「그늘의 문장」에 수록된 시 「동반」에서, "튀어오른 고등어"를
"튀어오른 물고기"로 개작함

반가사유 외 3편

입꼬리만큼 마음의 꼬리를 끌어올리고

사유는 반만 접어 무릎 위로 올린다

그믐을 흘러들어온 달빛이 정박 중이다

떠날 듯 머무를 듯 잠길 듯 떠오를 듯

뺨에 물린 손가락으로 고요를 짚는 동안

눈초리 휘어진 달빛이 그믐을 빠져나간다

적벽

성냥불 타들어가듯 물빛 홀로 꼬부라지는데
정강이 일으켜 세우고 적벽이 건너온다
징검돌 하나씩 버리면서 저벅저벅 건너온다

어둠살 들이치는 물결과 물결 사이로
금천강 저녁답 실핏줄을 터뜨리며
적벽이 물 건너온다 들소처럼 건너온다

해거름 물소리는 솔기마다 굵어지는데
성미 급한 어둠을 한 걸음씩 들어올리며
핏물 밴 적벽 한 채가 철벅철벅 건너온다

서해에서 기다릴게요

오랫동안 당신을 불러보질 못했어요
망망한 서천 어디 여태도 계시는지

서해는 금박을 물고 저녁을 맞습니다

저 햇살로 댕기를 만들어 주실 거지요
한 자락 얇게 떠서 물동이에 이고 오세요

눈부신 금박댕기 매고 골목길 달리고 싶어요

울 엄마 살아 있다고 자랑하고 싶어요
엄마를 부르면 엄마가 돌아오는 곳

서해는 당신의 바다, 서해에서 기다릴게요

구름의 문고리

1.
개울은 밀주처럼 아침을 흘러나오고
노을은 밀어처럼 저녁을 괴어올라
아침은 누설이 되고 저녁은 번져갑니다

2.
두어 달 굶은 눈이 내일은 내려올까요
허술한 구름의 문고리를 잡아당기면
다락문 벌컥 열리듯 소낙눈이 쏟아질까요

참았던 가뭄의 몸내가 생목같이 올라오고
가랑잎도 닭울음도 부서질 듯 카랑합니다
내일은 굶은 눈들이 허겁지겁 내려올까요

반 전 2 집

서 숙 · 희

경북 포항 출생. 1992년 매일신문, 부산일보
신춘문예 시조 당선. 시조집 『먼 길을 돌아왔
네』 외. 중앙시조대상 등 수상.

좋아서 좋은 것들

써도 좋고 안 써도 좋은 글 몇 줄 끄적이는

들어도 좋고 안 들어도 좋은 음악을 듣는

잊어도, 안 잊어도 좋은 먼 이름을 지우는

미역이 불을 동안 외3편

마른 미역 한 올이
물속에서 몸을 푼다

첫 것의 비릿함이 미끈대며 살아나고
물 먹은 미역줄기가 탯줄 같이 탱탱하다

내 엄마의 엄마와 또 그 엄마의 엄마, 나와 내 딸과
딸의 딸에게로 이어지는, 한 덩이 붉은 생명이 어둠을
밀고 나온

바다처럼 깊고 검은 머리칼을 풀어헤치고
푸들푸들 벋어나는 푸른 산도를 따라
활짝 핀 모계의 봄이 둥근 집으로 빨려든다

라면

한 방울 이 잉크가 내 마지막 피라면
피를 찍고 살을 에도 쓰지 못할 편지라면
이 편지 수신인이 없어 저 허공이 답신이라면

라면은 퉁퉁 불어 목젖 컹컹 붓는데
라면은 뚝뚝 져서 눈물 훅훅 지는데
라면은 길 아닌 길을 구불구불 가는데

수국을 위한 변명

붉은 저 가계家系에서 푸른 꽃이 피었다고
수군대지 말아요 수국 뒤에서 수군수군
말 못할 사정과 사연 수국이라고 없을까요

어제의 맵고 짠 진심 같은 변심에
오늘의 시고 떫은 변심 같은 진심에*
꺾이고 무너지면서 첫 마음 놓쳤을까요

일편의 단심은 뿌리도 못 내렸는데
강요하지 말아요 넌 붉어야 한다고
가만히 그냥 보아요 푸르른 속울음을

*수국의 꽃말은 변심·진심 등이다.

개기월식

이제 신의 시간을 천천히 거부하고

서슴없이 들 것이오
당신이라는 감옥에

갇혀서 삼엄한 그 슬픔을
둥글게 안을 것이오

그 안에서 죽어서
눈을 뜨고 죽어서
초월이나 영원 같은 말들은 다 버리고
한 덩이 몸 하나만을 환하게 사를 것이오

온몸으로 들이마신 합일의 검은 순간을
푸른 저 어둠에 걸림 없이 풀어 두고

그날 그,
흰 불잉걸로
살아 차오를 것이오

반 전 ² 집

서 연 정

1997년 중앙일보 지상시조백일장 연말장원.
1998년 서울신문 신춘문예 시조 당선 등단.
시조집 『먼 길』 『문과 벽의 시간들』 『무엇이
들어 있을까』 『동행』 『푸른 뒷모습』 『광주에
서 꿈꾸기』 『인생』.

한밤의 영상편지

부여잡은 옷소매 스르르 미끄러지네

메타버스 스크린 잔영 앞에 우두커니

미소는 강 건너 가고 안개비가 내리네

메타버스 달 외 3편

달집을 지어놓고 화염이 춤을 춘다
신명을 부추기듯 텅텅 타는 댓가지
소망은 만월을 향해 활시위를 당겼다

옥토끼의 심장에 화살이 박혔을까
달의 산 흔들리고 바다가 출렁였다
터질 듯 거친 숨소리 안마당을 달궜다

달에 사뿐 내린다 유영을 시작한다
새순처럼 돋아난 아가미와 날개들
무궤도 롤러코스터 무지개 빙빙 돈다

순식간에 피어나 지지 않는 봄
쏟아지는 함박눈 녹지 않는 눈사람
고독한 무한시간대 원시인이 서 있다

미래 가족

유리로 지은 도시 셋이서 길을 간다
저만큼 마주 오는 셋과 서로 눈인사
반갑게 사람은 사람과 개는 개와 AI는 AI와

암시

다시 상상하라
목숨이 무엇인지

대지의 콘센트에
플러그를 꽂는 나무

최첨단 봄이 켜진다
산에 들에 마당에

향토사 청주한씨부인편

젊은 남편 죽으니 청천이 부끄럽소
죽어야 마땅하나 그러하지 못 하오
늙으신 시부모님을 그 누가 봉양하리

손가락을 깨물고 허벅지 살을 베고
한 자루 촛불처럼 가슴을 태운 세월
마침내 청주한씨는 향토사가 되었네

반 전 2 집

서 일 옥

1990년 경남신문 신춘문예에 시조 당선. 시조
집 『영화스케치』 『그늘의 무늬』 『하이힐』 현
대시조 100인선 『병산 우체국』 동시조집 『숲
에서 자는 바람』 가람시조·노산시조문학상
등 수상.

동지 지나며

가랑잎 밟고 가는 바람 소리 들린다

비질을 한 듯한 들녘 위에 달이 뜨고

뜨겁던 시대를 건너며

작은 등燈이 조는 밤

분위기 외 3편

주전자엔 100℃의 물이 끓고 있고
나는 미열을 앓고
밖에는 눈이 내린다
말 못 할 두려움 같은
눈이 계속 내린다

불안은 바이러스처럼 거리를 돌아다니고
내일을 알 수 없는
상점들은
문을 닫았다

세계는 어둠을 걸치고
어디로 가고 있을까?

화장化粧

서로에게 편한 신발 되지 못해서
내색할 수 없는 외로움을 안고
아버진 바람 속으로 혼자 길을 헤매곤 했다

가족은 감당못할 어깨 위의 짐이었을까
실비에 젖어 눕는 여린 풀잎처럼
아버진 작은 일에도
자주 흔들렸다

등짐을 벗어놓고 홀연히 떠나시는 날
창백하게 누워있는 당신을 송별하려고
엄마는 화장을 했다
마지막 여자이고파

서재

책들이 방안을 점령군처럼 차지했다
그들이 던져놓은 시끄러운 지식들이
자꾸만 쌓이고 있다
부채負債 처럼 쌓이고 있다

날마다 어둠 속에서 책들끼리 다툰다
문을 닫아걸어도 귀를 막아보아도
그들의 격한 논쟁이
문틈으로 새어 나온다

이제 버려야 하나?
아직 두어야 하나?
몇 번을 들었다가 도로 놓곤 하지만
눈익은 표지를 보면
이별은 이른 것 같다

모죽*

1.
접고 또 접어 쌓은 시간의 곳간에서
밑동을 다지고 시계를 넓혀가며
짙푸른 심장 하나를 쟁여놓고 있었다

세상의 거친 물결 천변만화의 현실 앞에
당당히 맞서야 할 용기를 키우면서
전사는 긴 칼을 뽑을 미래를 꿈꾸었다

2.
두 손을 모으고 기도하던 그 청년
절차탁마 5년 끝에 합격증 받아들고
환해진 출구를 향해 달려가고 있었다

*모죽 : 아무리 기름진 땅이라도 5년간 땅속 깊숙이 사방 10리까지 뿌리가 퍼
져가도록 준비만 하다가 5년이 지난 후부터 매일 80센티 정도 자라면서 6주가
지나면 30m가 넘는 대나무로 성장하여 빽빽하고 울창한 대나무 숲이 된다.

반 전 2 집

염 창 권

1990년 동아일보 신춘문예 당선으로 등단.
시조집 『마음의 음력』 『오후의 시차』 외. 평
론집 『존재의 기적』 외. 중앙시조대상, 노산
시조문학상 외.

검정 우산

내이內耳를 터뜨리며 정신을 관통했던
소리와 울음에는 색깔이 없다,
젖기만 해서

부러진 살의 통증이 투명하게 새 나온다.

바다의 남쪽 외 3편

저 고요의 바다를 차마 어쩌지 못한다

질펀하게 흘러버린 노을 다음으로 어둑해진 섬의
길을 비추는 불빛들, 어디로 흘러가고 또 자꾸만 새어
나오는지,

마음의 길 끝 그 너머에
바다의 남쪽이 있네

겹겹이 거듭되는 옛일의 지나침,

밀려가다 되밀려오는 그 물이랑 속에 나는 무엇을
파묻고 왔던가, 저 어둑한 행간에 나의 무엇을 부려놓
을 수 있을까, 너로부터 유배되어 온
땅의 끝, 그 길 너머에도

발길이 닿지 못하는 남쪽이 따로 있어

밤의 극장에서

해상도를 낮춘 밤의 궤적을 따라왔는지
깨어나던 어둠은 면지面紙처럼 축축했다
음표가 솟구치면서 새 울음이 날아든다

자기의 자기라는 발원지는 삭제됐거나
하수구의 파인 곳에 집어넣은 열쇠 같다
서로가 열어볼 수 없는 내면으로 불결하다

밤이 낮을 낳을 동안*
숨겨놓은 열쇠를 찾아,
멀쑥해진 자의식의 얼굴을 껴입는다
나, 라는 정체성은 점차 탈을 쓴 채 구성된다,

각 편의 밝음이 섬망처럼 스쳐만 간다
손이 닿지 않는 곳의
너, 라는 키워드에
빛없는 관음은 꺼졌다, 누수가 좀 진행됐다

*스핑크스의 두 번째 수수께끼에서

젖은 미농지 같은 시간이 지나갈 때

갯벌에 첫눈이 다녀갔다,

싸늘해진

어둠이 내린 뒤 색채는 곧 뭉개졌다,
내렸다 녹고 쌓이는 이 하염없음의 반복, 그 얇아
진 시간 뒤의 넌 처처에 흩어져 있다, 이처럼 간단없
이 떠도는 입김 아래

홀연히
이마를 드러내는, 이번 생의 까닭 없음!

세상을 비춰낼 듯 투명한 적 있으나
너는 늘 거기 있다 없어진 채로였다
그처럼 일생이 지나갔다, 다를 바가 없었다

미농지의 얼굴에 주름이 흘러내린다

반투명의 세상을 베끼려고 했으나 회오하듯 찢어
버린 면지로 너풀대는, 냉중의 그늘에서 나는 그만 입
을 닫는다

　　창가에 쏟아낸 시간은 주르륵…
　　멀지 않다.

복공판

널 볼까 봐,
얼른 계단 밑으로 내려왔지
상처받은 내 얼굴을 조심하지 않도록
감정이 물렁거려서 숨을 곳이 필요해

수년째 공사 중인, 걸었던 길 아래
어둠의 긴 부도체를 통과하는 쇠바퀴처럼
마음이 달려가다가 주저앉은 이곳에서

허공을 내지르는 고압의 노을빛이
슬픔을 끌어당겨 어둠의 구멍을 뚫네
외눈의 화인 자국이 몸 곳곳에 새겨지네,

몸이 몸을 떠날 때의, 절연된 느낌처럼
쇠판을 깔아 덮은 그 내면의 허공을 딛고
누군가 멀리서 걷겠지,
수치심을 꺼낼까 봐

반 전 2 집

임 성 구

1994년 《현대시조》 등단. 시조집 『복사꽃 먹
는 오후』, 『혈색이 돌아왔다』, 『앵통하다 봄』
외. 현대시조 100인선집 『형아』. 가람시조문
학상, 오늘의시조문학상, 성파시조문학상 수
상. 현재 한국문인협회 시조분과회장, 시전
문지 《서정과현실》 편집주간.

활짝 왔습니다

곤히 잠든 밤 12시
비밀의 꽃밭으로

빈틈이 없을 것 같아
쉬 못 닿던 씨앗 하나가

수억만 킬로미터에 닿은
천왕성의 내 사랑

공명 동굴 외 3편

한 방울의 물소리가 아주 큰 힘을 가졌네
귀청 찢어지도록 달팽이관에 닿는 여운
단단한 돌집 한 채가 무너져내릴 것만 같네

오리나무 잎잎들이 뱉어내는 푸른 바람
동굴로 쑥 들어와서 어둠을 밝혀주네
포로롱 날아든 새 한 마리, 목 축이며 나를 보네

맑아진 행간 속에 '또옥똑 으응' 물소리 공명
징검돌 놓듯 시詩를 놓아 징소리를 내고 있네
산과 산 도봉道峯들이 일제히, 내 갈 길을 밝혀주네

힘센 과장법의 밤

알 품은 아내 방은 꿈나라에 이미 가 있고

딸 방은 별나라에서 백마 탄 남잘 만나고

아들은 달빛평야 한가운데, 돈키호테처럼 달리고

잠들지 못한 거실은 시인의 습작 바다

밤 2시 서로 다른 주제를 펼쳐놓고

뜨겁게 토론하는 방, 그 열기가 가당찮다

평온하게 뜨거운, 셋은 매우 고요하고

들끓는 컴바다*에서 낚싯대 드리운 채

월척을 낚겠다는 남자, 못 주겠다는 저 달빛

헛입질 시어詩魚 떼들 밀당은 거세지고

융단폭격 맞은 듯이 심장은 공허하고

미완성 종장終章 일부만 밤바람에 나부낀다

*큄바다 : '컴퓨터 바다'를 줄인 신조어.

그믐달 남자의 사랑법

웬만한 천둥도 다 견뎌낸 느티나무가
혼자서 목쉰 소리로 밤새도록 울고 있다
나무의 혈관들이 저릿해, 비와 술에 젖는다

속눈썹 매우 깊던 초승달 그 여자가
반대편에 서성이며 빛나게 날 부르면
낮달로 슬쩍 건너가서 몸 포개며 웃겠네

비에 젖은 술잔 몇, 술에 젖은 빗줄기 몇
감춰둔 조각조각이 푸른 악보 그려 놓고

꼭 다문
허밍 노래 부르면
북극 바람도 뜨겁겠네

아주 평범한 후회

세상을 살다 보면 마음처럼 되지 않아
잠시 멈칫하고 더 큰 발로 건너야 할 때
비로소 소중한 너를, 다시 한번 생각한다

작거나 못생긴 돌이 물살을 견디지 못해
홀연히 홀연히 떠내려가서 허전할 때
불안을 호소한 것은 네가 아닌 나란 것을

거룩한 꽃만 보고, 나 혼자 그 꽃만 보고
징검징검 네 굽은 등, 무수히 밟고 지날 땐
돌 하나 못 받쳐준 나를, 그래도 용서하겠니

반 전 2 집

임 성 규

1999년 《금호문화》 시조상 등단. 2018년
무등일보 신춘문예 동화 당선. 시집 『배접』
『나무를 쓰다』 동화집 『형은 고슴도치』 발간.

| 단시조 |

입술

잇몸이 뭉개졌다

당신의 우물처럼

거품을 문 입에 핀 이끼 같은 그리움

주름진 말의 덮개를 꼭 눌러 덮는다

냄비 외 3편

그을음이라 써놓고
그리움으로 읽는다

오래된 바닥에 눌어붙은 불의 기억

닦는다, 속살 보일 때
붉어지는 네 낯빛

들썩이는 뚜껑을 슬며시 들추면

일어서는 거품 속에서
소리가 흘러내려

불현듯 나도 모르게
닦아낸 말의 무늬

기울어진 길 위로 타닥타닥 피는 어둠

까맣게 타버린 냄비 속 감자 같은

더 이상 씻을 수 없는
하루를 벗겨낸다.

종이 피아노

먼지를 닦으며 악보를 펼친다

늦가을 나비의 비상을 떠올리며

마르고 뒤틀린 손이 건반을 두드린다

바람이 부풀어 오른 어깨를 스쳐간다

손가락을 옮길 때마다 내리는 가을비

다 젖은 엄마의 유년이 나즈막히 깔린다.

바람개비

이파리 파닥이는 소리가 들린다

밑창 떨어진 작업화가 덜렁거리고 나는 신발 끈을 묶는다 투덜거리며 걷다가 날지 못하고 떨어지는 것들이 눈에 밟힌다 덜컹덜컹 십 톤 화물 트럭이 지나가면서 내 걸음을 늦춘다 컨베이어벨트에 실린 석탄과 함께 휩쓸려버린 스물네 살의 청춘이 깜박깜박 SOS 신호를 보내온다 그는 재수가 없어 싱크홀에 빠진 것일까? 침을 뱉어 보았지만, 생의 막막한 깊이를 가늠할 수 없다 그가 사라진 절벽 아래를 내려다본다 그 아래 어디쯤 가늘고 긴 비명이 빠르게 달려온다 오! 신이시여. 입안에 물컹 핏덩이가 느껴지고, 비린내가 몰려온다 토악질을 견디면서 나는 풀어진 끈을 다시 묶는다. 개들이 짖어대고 벌레들이 수군거린다 "너라고 다를 것 같아" 누군가의 목소리가 들린다 누구도 내 편이 아니라는 것을 알았지만, 나는 퍼덕거리며 버틴다 조금만 더 손을 내밀면 그의 손을 잡을 수 있을

것 같다 떨어진 번호표를 주워 들고 긴 줄 가운데 슬
쩍 끼어들 수 있을 것 같다 작업복을 끌어 올리며 길
을 걷는다

봄밤에 켜는 등불 하나. 내 안에 바람개비

운신의 폭

간신히 몸 비틀어 펄럭이고 싶었지만

네 앞에서 한발도 나아가지 못했다

긴 밤을
찢는 소리는
누구의 것일까

어깨죽지가 뽑힐 것 같은 통증이 일 때

들린다, 허공에 피는
몇 장의 비명들

날아간 새를 꿈꾸며
바람길을 긋는다

반 전 2 집

조 명 선

1993년 《월간문학》 등단. 대구시조문학상 수상.
시집 『하얀 몸살』, 현대시조 100인선 『3×4』,
『동인시영아파트는 이제 없다』 출간. 현재 대구
대곡초등학교 재직.

대나무

둥글게 비었다고
굽히지 않는다고

딱 한 번 꽃 핀다고
욕하는 경계마다

그 본색
댓잎 사이로
당당하게 세운다

동인시영아파트는 이제 없다 외 3편

광주리 가득 채워 오가던 그 어디쯤
따뜻했다 행복했다 그러나 가난했다
비워진 연탄 창고엔 살아갈 날 쌓였다

신천 너머 오래된 저, 조붓한 복도 끝
열 몇 평 사연들이 논쟁하듯 넘어와
엄마는 할머니 되고 어린 나는 엄마 되고

집집이 분주하게 밟아 올린 햇빛 속
백로 똥 비둘기 똥 비처럼 뿌려지던
젊은 날 전부가 되어 환장하게 그립다

*1969년 준공된 대구 지역 첫 아파트로 건축된 지 50여 년 만에 재건축사업
으로 사라졌다.

호마이카상

칠 벗겨진 살가움 이리 잘도 잊었구나

밥때 따라 책 따라 갈 데 없다 속삭이는

가난한 젓가락 장단 모서리가 저리다

아버지를 읽다가

갑옷 같고 바위 같던 내 배후가 흔들린다
한 권 책 귀퉁이가 접히고 너덜해진
이 행간 오래된 책등 어루만지듯 저릿하다

—어흠흠 내사 마 이만하면 되었지
—괜찮다 봐라, 야들아! 화살처럼 박히고
아버지 전 잘 지내요 뒷덜미까지 울컥한다

한도 초과

과적된 저 오해가 널 이리 흔드는 일
아슬아슬 술래의 의심 따윈 없다고
익숙한 순간이었다 초과한 건 사랑뿐

그것마저 버거워서 불시에 손 흔든다
저 붉은 그리움도 끝끝내 들키지 않길
간곡히 청해 보리라 발뒤축에 실린 소명

이럴까 저럴까 하다 아차차 앞을 본다
가볍게 잔정 주듯 과속한 한 줄 바람
내 놓친 몸부림인 줄 벌게지고 알았다

반 전 2 집

정 현 숙

1990년 《문학세계》 신인상. 1991년 《시조
문학》 천료. 시조집 『뒷마당 생각』 『아침 우포』
부산문학대상, 한국문협작가상 외.

농다리*

예전에 사람들은 28수 별자리 짚어

씀씀이 돌 한 덩이 마음 모아 앉히고

물길에 혈을 틔우며 우주 속을 걸었다

*충북 진천 증평에 동양 최고라는 농다리가 있음

해바라기 외 3편

시뻘건 불화살로 날 향한 네 앞에서

지칠 수 없는 사랑 까맣게 타는 화석

단 한번 철벽 방패를 뚫지 못한 뉘지만

반구대암각화 날다

물고문 보다 못해 서운암에 옮긴 국보

자개옷 새로 지어 옻칠해 입혔더니

이제야 살 것 같다며 하늘가서 헤엄치네

목련

물레에 한 생 실어 빚어낸 백자접시

이 봄날 볕살 속에 초벌구이 하였더니

보란 듯 선반 층층이 눈 시리게 쌓인다

비슬산 참꽃

내 뭐라 카더노 집에 있어라 안카더나

니 바지 붙은 불도 감당하기 힘들낀데

속에 확 붙은 불길은 인자 우째 끌끼고

반 전 집
최 양 숙

1999년 《열린시학》 등단. 시조집 『활짝, 피었
습니다만』, 『새, 허공을 뚫다』. 열린시학상,
시조시학상, 무등시조문학상 외 수상.

거기,

지나간 날씨처럼 까맣게 잊었다가

아픈 밤, 너무 생생해 번번이 잠을 놓친다

집으로 가지 못한 날이 장마처럼 길다

2월 외 3편

두 시를 지나가는 공기는 다소 쓸쓸
갑자기 저 나무의 혈액형이 궁금하다
아무런 기척도 없이
가지 끝이 젖는다

젖이 다 말랐는데 새들은 날아와서
마지막 방울까지 짜달라고 입 벌린다
새 나간 울음을 붙잡느라
허리가 틀어진다

허공에 빠진 적 있다

돌아갈 모든 길이 눈앞에서 사라진다
바닷가 기슭에서 보았던 갈매기처럼
던져준 먹이만 기다릴 뿐
날고 싶지 않았다

오래된 물 냄새와 가지에 걸린 두레박
그늘과 그늘의 경계가 무너지고
머리 위 지상의 소리
바람은 돌려보낸다

출구를 찾지 못해 나는 점점 허물어진다
더 깊은 동굴이 되고 이끼가 되어간다
슬픔이 달아날까봐
가끔은 벽을 친다

그 후 이야기는 안 하기로 한다

사는 것 죽는 것이 벽 하나 차이였다
서 있는 공간에 따라 도착지가 달라지고

등 뒤로 무너지는 건물들
보면서 달렸을 때,

거대한 먼지기둥이 끝없이 따라왔다
아침이 끝나가고 긴 밤이 시작되는

경계에 서 있던 사람들
사방이 회색이었다

연리지

그대를 걷어내면 또 다른 그대 있네
미칠 것 같은 날은 메아리만 돌아오네
그러니 이 세상 동안 제발 나를 놓아주게

여기는 돌멩이로 가득한 절벽 부근
우리가 쌓아올린 이야기는 무너졌네
지금은 아닌 것 같아 밑동까지 잘랐네

어느 봄 꽃잎을 줍다
생각나거든 그대로 오게
그대와 나만 있는, 창가에 차 한 잔 들고
그때는 등 돌리지 말고 고스란히 웃어주게

전 2 집

최 영 효

1999년 현대시조 추천. 2000년 경남신문 신
춘문예 당선. 김만중 문학상, 천강문학상, 형
평문학(지역)상, 중앙시조대상, 한국시조대
상 수상시집 『노다지라예』, 『죽고못사는』, 『칩
밥오디세이아 3000』 외.

| 단시조 |

풀씨

그 밭에
자란 풀씨가
꽃 피워 열매 맺기에

어머니
밭맬 때마다 후렴으로 부르는 노래

애비는 닮지 말아라
애비만은 담지 말아라

더불어 살다 외 3편

땅을 파보고 알았다 그 속의 다른 나라를
개미와 지렁이와 함께 사는 굼벵이가
갈 곳이 더는 없어도 척지고 살지 않는 곳

각다귀는 모기처럼 남의 피를 빨지 않고
깔따구 등애등에도 한 철을 쉬었다 가며
열흘을 살다 죽어도 울고 웃다 새끼도 친다

길 잃고 집 없어도 다투지 않고 사는
해충과 익충을 겉보기로 탓하지 마라
인간은 한통속인듯 속내가 서로 다르니

석파란石坡蘭

방문을 닫고 앉아도
문밖에서 향기를 안다
관대 없는 팔난봉에 상갓집 개였다가
난세의 영웅이 되려 바위를 깨뜨린 묵란

휘어진 잎새 속에 은장도가 숨어 있다
발끝엔 우여곡절 심장엔 파란만장
국태공 이전이었다
왜바람이 몰아치던

비렁뱅이 걸식으로 한잔 술에 대취해서
집으로 돌아오면 가슴 속 칼을 내리고
명복아, 이리 오너라
하마 왕도를 다 익혔느냐

구룡포

구룡포 첫눈 내리모 개병대 싸나들이
죽도시장 어물전을 웃통 벗고 엇둘 달리고
얼었던 고무대야 속 대게들이 구보를 한다
우얄라꼬 그카는동 또 불황이 온다카는데
외통수에 걸려서 왼가슴 앓는 빈털터리들
사는 기 팔모라캐도 삼세판 목숨인기라
돌아설 길 없으모 앞만 봐야지, 안 그러니껴
안팎이 다른 세상 외토리로 못 산다캐도
사는 날 그때까지사 울고불고 살아봐야제
구룡포 잠든 야맹 구둣발로 걷어차며
죽도시장 어물전에 피가 돌고 맥이 뛰라고
개병대 싸나자슥들 엇둘엇둘 여명이 온다

식물의 계보

패랭이가 여리다지만 뿌리의 본성이 깊어
종속과목강문계로 계보를 이어오며
멸문을 지켜온 내림 그 연대가 사뭇 붉다

초본성 식물은 폭력을 쓰지 않는다
자연과 싸우지 않고 흔들리며 기른 내성
맹지에 눈 감고 피어 음지에 엎드려 져도

식물의 세속에는 학연 지연 사통 없이도
혼자서 뿌리 내리고 스스로 일어서는데
살과 살 상피 맺어도 순혈아 없는 영장류들

징
후
를

읽
는

방
식 　90년대 시조동인 반전 2집

—

초판 1쇄 인쇄　2023년 7월 20일
초판 1쇄 발행　2023년 7월 25일

—

지 은 이　강문신 외
펴 낸 이　임성규
펴 낸 곳　다인숲
디 자 인　정민규

—

출판등록　2023년 3월 13일 제2023-000003호
주　　소　62357 광주광역시 광산구 월곡산정로 20-49 101동 106호
전자우편　a-dream-book@naver.com

—

ISBN 979-11-982572-1-5　03810